混沌

[日] 梦枕貘 著

[日] 松本大洋 绘

杨亦桐 译

四川美术出版社

新经典文化股份有限公司
www.readinglife.com
出　品

混沌，
混沌。

这并不是敲什么东西发出的声音哦。

混沌，
混沌，
也不是谁的名字哦，
因为它还没有名字。

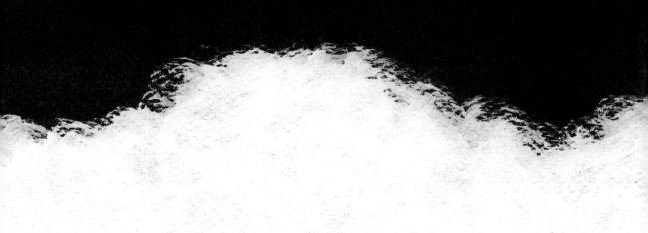

因为没有名字，
所以它不是任何人。

虽然它不是任何人，
也正因为它不是任何人，
它才能成为任何人。

这就是
混沌这种东西。

那么，
混沌到底是什么东西呢？

有人说，
它的身子
像狗一样长着长长的毛。

也有人说，
它的爪子
像熊一样，但没有指甲。

它有耳朵，
但听不到声音。

它有眼睛，
但看不到东西。

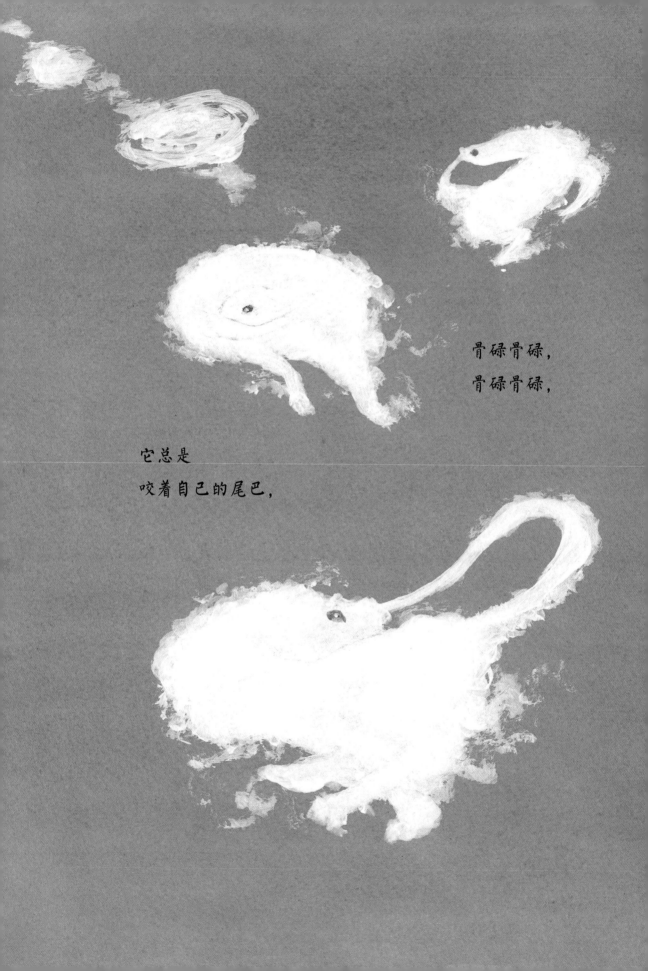

骨碌骨碌,
骨碌骨碌,

它总是
咬着自己的尾巴,

转着圈，

没办法
朝着前方前进。

然而，
就是这样的家伙，
却总是朝着天空微笑。

还有人说："不对。"

要说怎么不对，
那就是，它据说有
六条腿、六只翅膀。

但是，
没有眼睛、耳朵、鼻子和嘴。

有的人认为，
这才是混沌。

南海的帝王"倏"，
北海的帝王"忽"，

有一次
去混沌那里游玩。

北海的帝王说：
"哎呀哎呀，
为什么你没有眼睛呢？"

"哎呀哎呀，
为什么你没有鼻子呢？"
南海的帝王说。

"没有耳朵。"
"也没有嘴呀。"

虽然听见了他们的问题，
但混沌无法回答。

因为没有耳朵，
它不知道自己听到了什么。
因为没有嘴巴，
当然也不能回答。

即使是这样，
混沌还是对着天空微笑。

没有眼睛，也没有嘴巴，

即使是这样，
混沌
还是对着天空微笑啊。

"那么，"
"让我们来给你——"
"画上眼睛和耳朵。"
"鼻子和嘴。"

南海的帝王和北海的帝王
这样说道。

就这样，
南海的帝王和北海的帝王
在混沌的身上，
画了两只眼睛、
两只耳朵、
两个鼻孔，
还有一张嘴。

全部加起来，
一共七个窍。

于是，

混沌巨大的身体，
发着抖，
慢慢地，
倒在了地上。

就这样，
它再也没有站起来。

看来，用自己的眼睛看，
用自己的耳朵听，
用自己的嘴说话，

这是一件
多么困难的事呀！

混沌，混沌，
这个故事，
到这里就结束啦。

混沌，混沌，

这个故事，

虽然到这里就结束了，

但不知为何，

我却很喜欢，
一直朝着天空微笑的混沌。

混沌，混沌，
我喜欢你。

图书在版编目（CIP）数据

　混沌／（日）梦枕貘著；（日）松本大洋绘；杨亦
桐译. —— 成都：四川美术出版社，2020.7
　ISBN 978-7-5410-9361-6

　Ⅰ. ①混… Ⅱ. ①梦… ②松… ③杨… Ⅲ. ①儿童故
事-图画故事-日本-现代 Ⅳ. ①I313.85

　中国版本图书馆CIP数据核字(2020)第118209号

著作权合同登记号　图进字：21-2020-286
Konton
Text copyright © 2019 by Baku Yumemakura
Illustrations copyright © 2019 by Taiyou Matsumoto
First published in Japan in 2019 by KAISEI-SHA Publishing Co., Ltd., Tokyo
Simplified Chinese translation rights arranged with KAISEI-SHA Publishing Co., Ltd.
through Japan Foreign-Rights Centre/ Bardon-Chinese Media Agency
All rights reserved

混沌
HUNDUN

[日] 梦枕貘 著
[日] 松本大洋 绘
杨亦桐 译

责任编辑　张慧敏
特邀编辑　贺　静　江起宇
责任校对　陈　玲　褚方叶　石　嘉
封面设计　李照祥
责任印制　黎　伟　廖　龙
出　　版　四川美术出版社
　　　　　（成都市锦江区金石路239号　邮政编码610023）
发　　行　新经典发行有限公司
成品尺寸　182mm×257mm
印　　张　2.5
字　　数　30千
内文制作　田晓波
印　　刷　北京奇良海德印刷股份有限公司
版　　次　2020年7月第1版
印　　次　2020年7月第1次印刷
书　　号　ISBN 978-7-5410-9361-6
定　　价　59.00元